Zr. 2284.
+ 8. M. ab.

I n 27
20769

Vaudreuil

VOLTAIRE

AUX

CHAMPS ÉLYSIENS.

VOLTAIRE

A U X

CHAMPS ÉLYSIENS.

ORAISON FUNEBRE,

HISTOIRE,

SATYRE, &c., &c., &c.

LE TOUT A LA VOLONTÉ:

M I S   A U   J O U R

Par M. ABRAHAM CHAUMEIX.

A TRÉVOUX,

Chez les JOURNALISTES.

M. DCC. LXXIII.

ÉPITRE

DÉDICATOIRE

A MA NOURRICE.

REcevez, ma chere Nourrice, ...
je ne sais comment m'y prendre....
pour bégayer une Dédicace.......
Recevez cet Ouvrage ; je vous le
dédie.

Le pénible ouvrage qu'une Épi-
tre Dédicatoire! Comment peut on
l'entendre sans rougir, & pour l'Auteur & pour l'objet des éloges pro-
digués par des plumes mercenaires
qui demandent l'aumône un Ma-
nuscrit à la main?

vj

D'autres iront chercher des noms
fameux, & en décoreront le Fron-
tifpice de leurs Ouvrages ; d'autres, à l'aide d'un Cochin & d'un
Longueuil , voleront à l'immortalité la plus reculée : pour moi,
rival des plus grands Hommes que
la France, j'ofe dire l'Europe, ait
produite depuis plus d'un fiecle ,
je me contenterai du nom que je
porte : l'Encyclopédie me redou-
te , ou plutôt fes Auteurs. Vous
voudrez peut - être , ma chere
Nourrice , favoir comment cet
Ouvrage m'eft tombé dans les
mains ? Vous rappellez - vous ce
jour où il plut tant ; je m'étais
enfermé dans ma chambre, & je
lifais mon Nadal . . . . . & les
Obfervations de Clément. . . . .
l'An Littéraire , & autres bons

Ouvrages. La nuit du 29 Juill 1772, (vieux ſtyle,) un Fantôme s'apparut à moi & me dit: *tiens, rédige cet Ouvrage, il eſt digne de toi, on m'a condamné à te l'apporter.* Le Fantôme diſparut, & je le reconnus pour le Coloſſe peint dans le commencement de ce Livre, pour Voltaire enfin. Moi qui crois aux revenants, parce que je ne ſuis pas comme ces Encyclopédiſtes qui n'ont ni foi ni religion, j'eus terriblement peur.

Vous voudrez peut-être ſavoir ce que c'eſt qu'un Encyclopédiſte ; ce ſont des gens qui ſavent tout, & qui parlent de tout. Ils ont des idées ſur tout. . . . . Ils donnent des idées de tout. . . . . Et moi je cenſure tout: voilà quels

font les rédacteurs de vingt volu-
mes., gros comme des livres d'É-
glife chaque. . . . . . .

Ma chere Nourrice, je vous ai
bien de l'obligation , vous m'avez
fait fucer votre lait & votre ca-
ractere avec ; vous étiez acariâ-
tre , vous battiez votre mari, vous
aviez des défauts fans nombre .,
j'en ai hérité ; ainfi l'a voulu le
Ciel. Adieu, ma chere Nourrice ,
recevez les embraffements

de votre cher fils

ABRAHAM CHAUMEIX.

VOLTAIRE

AUX

CHAMPS ÉLYSIENS.

LES froids panégyriftes des Héros leur prêtent fouvent des qualités qu'ils n'eurent jamais. Ces perfonnages fantaftiques, enfantés par l'imagination d'hommes payés pour les louer, ont, pour la plus grande partie, été des lâches ou des fripons.

Mondor expire. Ses avides héritiers s'empreffent de recueillir fa fucceffion ; ils l'enterrent le plus gaiement qu'ils peuvent, & lifent, la larme à l'œil, & l'allégreffe dans le cœur, fes dernicres volontés. Il veut que fon éloge funebre foit prononcée : foudain on parcourt les greniers de la Capitale , où giffent des malheureux , qui , pour quelques pieces d'argent , brouillent l'éloge de Mondor , & en font un Héros. Celui qui fit le malheur de fes concitoyens doit être regardé par leurs neveux , comme le pere de fes femblables , & l'effronté Panégyrifte a l'audace de confier à la preffe fes menfonges éloquens. Combien de petites actions n'a-t-on pas vu trivialement exaltées ? Que de mouvemens du cœur ou du caprice , décorés du beau nom de bienfaifance , & le nom de vertu profané mille fois par les poliffons du Pinde. Les feuls amis de la vérité demeurent enfevélis dans la pouffiere , tandis que ceux qui ont fait le plus de mal au genre humain , jouiffent d'une immortalité qu'ils ont ufurpée : telle eft la manie des hommes aveugles fur leurs véritables intérêts ; ils choififfent précifément ce qui leur eft contraire. Les infenfés fe plaignent encore des maux que la guerre entraîne après

elle, & ces malheurs font leur ouvrage.
Des lauriers teints du fang de leurs freres les confolent de leur perte ; & fi au
milieu des tumultes que leurs fuccès oc-
cafionnent, il s'élevoit un homme affez
hardi pour leur reprocher leur dureté ;
fa mort ou le mépris public feroient fa
récompenfe. Que la faibleffe des hommes
eft grande ! Toute impofture eft reçue
favorablement chez eux, parce qu'ils ont
de l'amour propre , & que cette impofture les flatte ; ainfi les noms de *victoire*
feront toujours reçus avec tranfport chez
eux, & partant ils perpétueront la race
de leurs deftructeurs, en leur décernant
des Couronnes qui appartiennent aux
Princes affez peu foucieux de leur célébrité, pour defirer feulement le titre au-
gufte d'amis de la paix.

Pour moi, ce ne font ni la cupidité,
ni le defir de me faire un nom étayé par
celui d'un grand homme, ni les efpérances flatteufes de voir mes effais critiqués,
qui me déterminent à écrire : on ne verra

point mes faibles mains ériger des autels à la richesse insolente, ou à la vaine grandeur. On ne me verra point entrer en lice avec Messieurs les Membres du Parnasse ; leurs petits ouvrages , leurs petites haines, leurs petits talens, & leur grande présomption ne seront jamais l'objet de mon envie ; c'est l'enthousiasme de la vertu qui provoque aujourd'hui ma paresse ; c'est lui qui m'arrache des bras de Zulni , pour chanter celui qui sait si bien célébrer les belles. Heureux si je rappelle à la mémoire de tous les êtres sensibles les tristes destinées de l'homme universel que l'Europe pleure depuis tant d'années : car, qui peut en douter ? Des productions bâtardes s'annoncent sous le nom de Voltaire : la faiblesse du style, sa lâcheté décelent le geai téméraire qui se pare des plumes du paon.

Retenons, s'il se peut, nos larmes sur le tableau suivant ; n'ayons d'ame que pour l'admiration ; pleurons ensuite, nos regrets seront justes alors ; mais tant qu'on nous entretiendra de cet Écrivain célebre, faisons taire nos fanglots, pour écouter, pour recueillir en quelque forte fes derniers foupirs, & ne nous fervons de notre ame, que pour admirer. Lecteur fenfible, prête une oreille attentive au récit que je vais te faire; il foulagera ton cœur; & content des hautes deftinées de l'objet de tes regrets, tes larmes vont fe convertir en larmes de joie.

Si je n'avais à décrire que les actions d'un homme ordinaire, j'appellerais fes crimes, des faibleffes; je profanerais le nom facré de vertu, en le donnant à fon ambition: mon Héros ferait celui de la multitude; & d'un monftre né pour le malheur de fes femblables; j'en aurais fait du moins un homme.

Mais comme j'ai à parler d'une fubftance plus épurée que la nôtre, je dirai bonnement ce qu'elle fit, fans m'embarraffer fi elle fût intéreffante ou non. Ma qualité d'Hiftorien ne me permet pas d'enjoliver les chofes.

Quand Voltaire expira , les ténebres de l'ignorance menacerent ce fiecle per-vers , d'une obfcurité profonde. La vé-rité , l'amour de fes compatriotes, fen-timens que l'homme ne devrait jamais perdre de vue, l'avaient occupé pendant fa vie terreftre : empreffé de réjoindre ces Héros , ces fages & ces Légiflateurs aufquels il avait fuccédé , ce Patriarche de nos Littérateurs modernes , defcendit dans les lieux où répofent les ames des bienfaiteurs du genre humain. Le plaifir que j'éprouve en m'occupant de cet Écri-vain fublime , me fait remonter jufqu'aux derniers inftans de fa mort , qu'a pu-bliée avant moi , le fidele Dubois , fon valet de Chambre. Il fut attaqué, fuivant *Dubois* , d'une maladie dont le nom ne me revient pas , à caufe de la dureté de fa prononciation. La chûte d'un de fes plus grands Ouvrages l'avait abbattu ; des libelles fatyriques publiés contre lui l'a-cheverent , & lui cauferent des naufées ; il mande un Confeffeur auquel il accufe

ſes péchés , & meurt affublé d'un capuchon , duquel le Révérend Pere Louis
de P...., Capucin de la Province de
France , lui avait fait préſent. On me
dira peut-être , comment ce Capucin a
pu ſe trouver en Bourgogne, tandis qu'il
réſide à Paris : je répondrai qu'il y était
allé faire la proviſion de vin pour le
grand Couvent , & que le bruit de la
maladie de M. AROUET , l'ayant at-
tiré à *Ferney* , il l'avait adminiſtré : mais
laiſſons toutes ces choſes : ſi j'avais en-
trepris de répondre à tous les *comment*,
je m'arrêterais à chaque phraſe de ma
narration.

Mon Héros avant d'expirer , dît lui-
même les prieres des agoniſans. Tous
verſaient des larmes ; lui ſeul ne pleurait
pas : celui qu'on eût dû raſſurer contre
les frayeurs de la mort, exhortait & con-
ſolait avec une conſtance dont aurait été
ſurpris tout autre qu'un Philoſophe. Voici
quelles furent ſes dernieres paroles : » amis
» je vais faire un grand voyage ; bientôt

» mes yeux vont parcourir un pays du-
» quel j'ai cru jufqu'ici pofféder la carte;
» mais hélas ! je m'apperçois , & trop
» tard , peut-être , que tous les individus
» mes freres , quelques perfuadés qu'ils
» paraiffent , ne font pas plus avancés
» que moi au terme de leur carriere, &
» que, quelque certitude que l'on ait ,
» ce qu'on a regardé comme vérité, étant
» bien fain, paraît bien douteux aux ap-
» proches de la mort : telle eft la mal-
» heureufe condition des hommes , ce
» qui leur eft néceffaire leur manque dans
» le temps : moi-même je ne fais pour-
» quoi je friffonne ; des terreurs me fai-
» fiffent, & c'eft dans les bras de ce
» que j'ai appellé pendant ma vie , *fu-*
» *perftition* , que je viens me refugier,
» Ah ! s'il était poffible de réparer ; » il
dit, & rend les derniers foupirs; un bruit
fourd annonce à tous cette mort. Voltaire qui fut pendant fa vie l'opprobre &
la terreur des Prêtres, les édifie par fa
fin glorieufe : ces mêmes hommes qui
l'avaient

l'avaient foudroyé avec leurs tonnerres
spirituels, sont surpris de voir couler
des larmes de leurs yeux, & pour *Arouet* :
tous regrettent leur appui, leur consola-
teur & leur pere : ceux qu'il a habillés,
ceux qu'il a nourris, ceux dont il fut le
soutien auprès des Rois le pleurent. La
vérité dont la voix avait été éteinte depuis bien des siecles, & qu'il avait rani-
mée, se couvre du voile de la douleur.

Mânes illustres, recevez le tribut flatteur de ces larmes, elles sont précieuses
pour vous. Si votre esprit dégagé de la
matiere, peut s'occuper encore de ce qui
se passe ici bas, vous devez être bien sa-
tisfait des regrets que vous causez ; vous
aimâtes les hommes, ils furent vos per-
sécuteurs ; vous n'êtes plus, ils déplo-
rent votre perte, parce qu'ils connaissent
alors tout ce qu'ils ont perdu.

*Pardonne, illustre Dubois, si je t'ai
contredit ; mais le respect que je dois à
la vérité, doit l'emporter nécessairement
sur l'affection que je porte à ton nom.*

B

(10)

*Tu as assuré que l'Abbé Grisel, main-
tenant pensionnaire du Roi , confessa
ton maître , & cependant il meurt encapuchonné : cette circonstance est obmise
par toi. S'il meurt encapuchonné , il
n'a pu être confessé que par un porteur
de capuchons ; les capuchons les plus
élégans sont du ressort des Capucins :
Voltaire a du goût , donc il n'a pu
choisir qu'un capuchon à la mode : Voltaire est un grand homme , il a choisi
un grand homme pour en faire son Di-
recteur ; le Pere Louis de P. . . . est
un grand homme , donc il a confessé
Voltaire. De plus , le discours que tu lui
fais tenir , n'est pas suivant ses prin-
cipes , & je connais trop bien ton illustre maître , pour croire qu'il eut avoué
ses OPÉRA mauvais ; pour te convaincre de cette vérité , lis l'avertissement
qui se trouve à la tête de Samson ; tu y
verras l'Auteur des paroles , avouer que
la musique en était bonne , & l'Opéra est
tombé : c'était donc la faute des paro-*

(11)

ſes. Alte-là, beau diſcoureur, me diras-
tu ? . . . . *l'envie etouffa ces productions
dans leur naiſſance ; c'eſt-à-dire, quel-
ques-unes de ſes Comédies, ſes Odes &
ſes Opéra. Pourquoi la même Divinité
infernale n'étouffa-t-elle pas Zaïre, Mé-
rope, Alzire, Mahomet, productions
ſublimes, trop au deſſus des autres,
pour entrer en comparaiſon avec elles.*

Quand ſa mort eut été bien conſta-
tée, deux Prêtres prierent l'Éternel de
lui pardonner ſes erreurs, & paſſerent
la nuit auprès de ſon individu ; enſuite
il fut empaqueté dans un cercueil de
plomb, & dépoſé dans le chœur de l'É-
gliſe de Ferney qu'il avait fait bâtir.

O mort ! tu moiſſonnes indiſtinctement
tous les êtres : ſemblable au faucheur
qui fait tomber également ſous ſes coups,
& confond le lys avec le chardon ; in-
juſte, tu prives de ſentiment des êtres qui
euſſent dû être animés éternellement. Que
les ſots périſſent ! d'accord ; ils ſurchar-
gent la ſociété, ils ſement l'ennui dans

tous les lieux où ils se trouvent, & leur
existence, leur façon de penser sont aussi
nuisibles aux sciences, qu'ils méprisent,
que les herbes mauvaises, à l'épi naif-
sant : mais Voltaire, mais tant de grands
hommes à qui l'Europe doit des Autels,
qui l'ont éclairée sur ses devoirs, sur leur
nature, sur les préjugés utiles ou dange-
reux ; ces hommes, dis-je, dont les écrits
suspendent les peines du malheureux, &
lui remplissent l'ame d'un sentiment nouveau, qui lui fait perdre de vue celui de
ses infortunes, meurent. Graces, talens,
vertus, tout est enseveli dans la tombe.
Là les titres disparaissent, l'ambition hu-
maine y trouve un terme : le méchant,
l'homme juste périssent également ; & par
une fatalité incompréhensible, leur mémoire existe également dans l'esprit de
leurs concitoyens ; mais que ce souvenir
est différent, qu'il est triste pour l'un,
& consolant pour l'autre : les crimes du
premier inspirent de l'horreur, au lieu
que les bonnes actions de l'homme juste

portent à l'attendriffement. Voyez cette foule autour de la maifon d'Arifte : on fe demande *s'il eft bientôt mort* : ce murmure décéle quel homme fut Arifte ; il expire, & mille voix répétent, *il ne fera plus de malheureux*.

Interrogez au contraire ceux qui affiégent la porte d'un citoyen vertueux ; l'effroi, le faififfement, la crainte, mille autres paffions diverfes, c'eft-à-dire, la douleur, fe reproduifant fous mille formes fur tous les vifages, font des preuves de la fainteté de fes mœurs. Le fage, le bienfaiteur expire : une morne ftupidité (figne non équivoque des grandes peines) annonce la confternation générale : *pauvres, vous n'avez plus d'appui* : le pauvre eft dans les fanglots ; fes regrets font finceres, il s'acquitte en quelque forte par fes larmes, & fes larmes font la confolation du mourant.

Le lecteur me pardonnera, fi je me fuis arrêté avec tant de complaifance fur les derniers momens de mon Héros.

On ne me reprochera pas, sans doute, d'avoir paſſé le temps à parler de ſes charmes extérieurs. Le Pere Calmet, Bénédictin, qui n'avait pas vu Jeſus-Chriſt, a fait une diſſertation pour prouver qu'il avait un fort beau viſage : pour moi, je ne haſarderai rien, & paſſerai ſous ſilence les exploits amoureux d'un être métaphyſique. Figurez-vous un coloſſe ambulant, ſemblable à ces anciennes ſtatues de l'Egypte & de la Grece, ou à la ſombre Souveraine de l'Empire de Pluton ; ou plutôt, liſez la peinture de la faim dans les Poëtes anciens, & vous aurez en perſpective l'étui qui renfermait l'ame ſublime de MARIE-FRANÇOIS AROUET DE VOLTAIRE, Gentilhomme ordinaire de la Chambre du Roi, l'un des quarante de l'Académie Françaiſe, Membre des Sociétés Littéraires de &c. &c. &c. Hiſtoriographe, Seigneur & Comte de Ferney, Cirey, les Délices, & autres Lieux, Poëte épique, dramatique, ſatyrique, cinipoliſſon, un des restaurateurs de la Philosophie, qui voulut être tout ; qui de la même main calculait les sinus d'un triangle, & faisait un Madrigal à la Princesse. . . . . .à la Duchesse. . . à la Marquise. . . aux &c. &c.

Laissons ce qui était matiere en lui, & suivons son esprit dans la brillante carriere qu'il va fournir.

Tout le monde sait, après Monsieur Newton, que les corps sont attirés par d'autres corps, & que c'est de cette attraction que résulte l'harmonie des mondes. L'amour de la gloire, cette belle maladie dont fut attaqué Monsieur de Voltaire l'attirait à la postérité. Surpris de la rapidité de son vol dans l'espace, » où vais-je, *dit-il*, surnagerai-je sur » les abîmes de l'oubli ? je suis séparé » du reste des vivans : bientôt je serai » confondu parmi un tas de polissons, » que pour ma pénitence j'entendrai me » tenir de sots discours. . . Vivre parmi » les sots ! ah ! s'il en était ainsi, Sou- » verain Auteur de la nature, anéantis

» cette partie de moi-même qui fait que
» je subsiste encore. » . . . Il continue
toujours , & arrive sous un ciel nébu-
leux, dans les vallons spacieux de *l'oubli* : si un homme pouvait exister autant
d'années qu'il y a de sables dans la mer,
& s'il entreprenait de compter les mil-
lions de mortels exilés dans ce triste lieu,
ses années ne suffiraient pas.

Arrivé dans ce séjour, le célebre Arouet
s'arrête, surpris de fouler une terre qui
devait lui rester inconnue.

On y voyait des Rois, des Magistrats,
des Ministres, des Auteurs enfin : les
Monarques cherchaient à s'éloigner de la
foule ; ils craignaient de rencontrer des
témoins de leur honte ; mais les Auteurs , . . . ils avaient apporté de leurs
galetas, leurs manieres effrontées, leurs
grands mots , leur vanité, leurs Ouvrages, sur-tout, dont ils assommaient les
passans.

Un grand fleuve y roule paisiblement
son onde ; des pavots croissent sur ses

bords; le Ciel y eft chargé de nuages,
dont la pefanteur provoque à l'affoupif-
fement; du côté du Nord eft un pont
qui conduit au palais de la *Poftérité.*
L'entrée de ce pont eft défendue par la
Renommée; elle eft armée de fléchés,
& perce indiftinctement tous ceux qu'elle
n'a pas favorifés, ou plutôt, qui ne fe
font pas rendus dignes de fes fons. L'envie quelquefois prend un chemin détourné, pour arriver au palais; elle ef-
faye de paffer le fleuve à la nage, mais
le peu de réfiftance du fluide trompe fes
efpérances, alors elle regagne le bord
avec bien de la peine, & dévore, la
rage dans le cœur, les chardons que la
nature avare a fait naître fur ces bords
déteftés.

C'eft dans ce lieu que les Rois qui ont
crû fe rendre célebres à force de crimes,
traînent le poids de leur exiftence. Ils font
défefpérés d'être; ils defirent avec ardeur
l'anéantiffement de leur individu, parce
qu'ils font victimes de ce qu'ils redou-

taient davantage. A mesure que les hommes s'éclaireront, que de tyrans brillent
au palais de la postérité, depuis tant de
siecles, se feront forcés d'en descendre.
Quels tourmens pour eux de voir ces
Princes bienfaiteurs de leurs peuples,
amis de la paix, révérés de toutes les
Nations, jouir d'une célébrité justement
méritée ! Ne cessons de le répéter, c'est
à faire le bien que consiste la félicité du
sage ; & s'il est permis de s'exprimer
ainsi, il est heureux du bonheur des autres.

Voltaire admirait en lui-même la multitude de ces Auteurs dont les greniers
de Paris & de Londres fourmillent ; il
fit là-dessus une réflexion assez juste.
» L'habitant des bois dédaigne son hum-
» ble demeure, parce qu'il est ébloui
» par le luxe imposant des villes : les
» campagnes se trouvent insensiblement
» abandonnées ; & le nombre des Arti-
» sans est à proportion plus grand que
» celui des Laboureurs. Puisque les Inf-

» tituteurs de l'Europe ont fagement ima-
» giné, qu'il faut dépeupler un pays pour
» en peupler un autre, autant vaudrait
» envoyer, aux Indes occidentales, ces
» fainéants, qui croient ce globe indigne
» de les poſſéder ; plutôt que des infor-
» tunés, qui fatiguent la terre avec leurs
» bras robuftes, & l'arrofent de leurs
» fueurs. Là on apprendrait à Meſſieurs les
» Auteurs, qu'ils font des hommes com-
» me d'autres, & que d'un miférable
» Écrivaſſier, on en peut faire un Ci-
» toyen utile, en armant fes mains d'un
» hoyau au lieu d'une plume. «

Il en était là, lorfqu'il fut interrompu
par l'arrivée d'une foule de perfonnes qui
s'avançaient, appuyées les unes fur les
autres : la médiocrité les conduifait ;
étourdi de leurs croaſſemens infipides,
il avançait toujours au milieu d'eux ; ils
lui montraient des livres ornés de fron-
tifpices, vignettes, culs de lampes, &c.
Les titres de ces ouvrages manquaient,
mais on y voyait encore ces mots, *Poë-*

me , *Héroïde* , *Contes* , *Drames* , &c.
Ils étaient suivis par d'autres qui portaient
des lettres signées Voltaire : . . . c'étaient
des *Adonis* de la Capitale , especes d'êtres
soi-disant beaux esprits : ces colifichets do-
rés avaient cru faussement passer à la postérité avec les missives du sieur Arouet :
ils espéraient subjuguer les suffrages dans
le monde inconnu , aussi aisément qu'ils
avaient subjugué les femmes dans celui-ci.
Ils firent au Héros quelques complimens
d'usage , & le quitterent en pirouettant ,
pour siffler un air de *Pandore* , qu'on
allait représenter ce jour là , ainsi que la
Didon de Monsieur L. F. D. P. ; l'*As-
tarbé* de M. , & *Mélanie* de L. H. . . . :
c'était un des grands jours des spectacles
de l'oubli , où la petite Comédie en Ariettes ne cesse d'être représentée. On y jouait
aussi des Proverbes. Là , les Auteurs plus
ambitieux que des Conquérans , montés
sur des planches , exposaient bénignement
aux spectateurs le sujet qu'ils avaient traité
avec tant de sagacité , & se donnaient ainsi

en spectacle , fiers des applaudissemens qu'on donnait à leurs individus ; ils élevaient leur chef superbe , & semblaient défier l'astre dont ils se disent les enfans, de leur faire baisser les yeux :

Ainsi le jeune Aiglon ; sous l'aile de sa mere,
Mesure en frémissant l'immensité du Ciel ;
Mais bientôt, plus hardi vers l'astre qui l'éclaire ,
Il s'éleve , il s'élance . . . il fixe l'Immortel.

Un Militaire s'avance vers lui, s'incline profondément , un livre superbement imprimé, à la main, & dit : » voyez ce » Recueil, ce sont des pieces galantes ; » j'eus l'indiscrétion de les montrer à mes » amis ; elles étaient éparses dans mon » porte-feuille, & je les avais composées » dans mes délassemens : on m'a persé- » cuté jusqu'à ce que je les aie publiées : » je l'ai fait, elles ont obtenu des suffra- » ges ; je ne dirai pas qu'ils n'étaient point » mérités , mais je ne croirai les avoir » obtenus avec justice, que quand vous » voudrez bien y joindre le vôtre. »

Le Lecteur ne fera peut-être pas fâché
de voir la réponfe à ce Difcours....

Bon Dieu que cet Auteur a de ftupidité !
Bon Dieu qu'il eft pefant dans fa légereté !
Que fes petits Ecrits ont de longues Préfaces !
Que l'Amour dans fes vers fait de laides gri-
       maces !
    Qu'il nous abbat par fa fadeur !
A l'entendre on le croit quelqu'heureux Petit
      Maître :
      Mais qu'il eft fâcheux d'être,
    Ou fa Maîtreffe, ou fon Lecteur.

Un póliffon vint lui dire affez bruf-
quement, » au diable les eftampes, je
» m'y fuis ruiné, j'étais fans pain, ma
» femme & mes enfans auraient été con-
» traints d'aller à l'hôpital, & moi à Bi-
» cêtre ; je me fuis jetté dans l'Analyfe,
» & j'ai bâti ma fortune fur des menfon-
» ges. Les Auteurs, jadis mes contem-
» porains, me craignent ; ils me paient
» pour parler, ils feraient mieux de me
» payer pour me taire, car les hommes
» de lettres ne font plus confidérés ; ce

» pendant le Journaliste, aux gages du-
» quel je suis, me croit un grand hom-
» me : pour vous convaincre de cette
» vérité, lisez mes observations sur la . .
» sur les . . . sur . . . . & ma réponse à
» l'ami Fr. . . . dites voilà un grand hom-
» me, la postérité n'osera vous démentir. »

Voici quelle fut la réponse à son discours.

» Vous avez usurpé le titre d'homme
» de Lettres; vous avez méprisé vos maî-
» tres, & vous vous êtes cru en état de
» les juger. Vos observations respirent
» l'orgueil & l'enflure ; vous découragez
» le talent qui vient de naître, & vous
» ne vous ressouvenez plus du sixieme
» étage. . . . . . Pensez, mon petit bon-
» homme, pensez au temps où vous grif-
» fonniez quelques mauvais vers pour un
» morceau de pain, où l'amour qui n'é-
» pargne personne, vous perça de ses
» traits, & vous rendit fou d'une Ber-
» gere de la Rue Saint Honoré , vous
» devintes pere, & n'osant avouer votre

» meilleur ouvrage , vous rejettiez l'in-
» fortunée que vous aviez déshonorée : des
» femmes qui font trafic honteux de leurs
» charmes , vous paraiſſaient préférables
» à elle : en un mot, vous refuſiez de
» réparer le déſaſtre que vous aviez fait
» à ſa réputation; mais elle avait un frere ,
» & ce frere était malheureuſement pour
» vous , Militaire ; vous trembliez en
» Auteur menacé , de ſauter de plus de
» cinquante pieds : l'homme à l'habit verd
» inſiſta , & vous donnâtes votre main à
» celle à qui elle appartenait à plus d'un
» titre ; alors , Monſieur le cenſeur , vous
» aviez le ton humble & modeſte , tel qu'il
» convient à tout Écrivain , mais qui ap-
» partient à la médiocrité , davantage
» qu'aux vrais talents : à vous entendre ,
» on vous prendrait pour le Prototype
» des gens d'eſprit : vous donnez des con-
» ſeils en homme qui ſe croit diſpenſé
» d'en recevoir , tandis que vous en avez
» plus beſoin que perſonne. Quelles ſont
» celles de vos productions , que vous
espérez

» efpérez voir à la poftérité ? Vous aurez
» beau vous récrier contre l'injuftice du
» fiecle, il eft équitable ; fi vous lui don-
» nez du plaifir, il en a de la reconnaif-
» fance ; fi au contraire vous le fatiguez,
» & lui caufez de l'ennui, qu'ofez-vous
» en efpérer ?

Le Héros du *Mariage forcé* de Mo-
liere, fe retira confus d'une pareille ha-
rangue, & s'abîma dans la foule. Un Auteur Dramatique, fifflé fur tous les théa-
tres, & grand Aumônier de *l'Opéra*,
vint d'un ton doucereux lui débiter fes
Madrigaux chantans : » bon Dieu, difait
» Voltaire, quelle multitude ! Avec quelle
» volubilité ils me parlent de leurs Ou-
» vrages. Où fuir, pour me dérober à
» leurs yeux ? Quelles acclamations ! Plats
» Écrivains, rentrez, rentrez dans le
» néant, & laiffez-moi refpirer un mo-
» ment.

Le Lecteur fera fûrement ennuyé autant que moi de ce récit ; il me faura
bon gré de l'avoir terminé. Que penfer

d'un verbiage pareil ? Peut-on parler de gens qui font métier de caufer de l'ennui, fans devenir ennuyeux foi-même ? Quand un fujet eft fec par lui-même, le moyen de le rendre intéreffant, c'eft un art que j'ignore, & que tous les hommes ignorent probablement avec moi. *Defpréaux* qu'on cherchait en vain dans *l'oubli*, fi Voltaire ne l'avait apperçu, cherchant à repêcher dans le gouffre fon Ode fur la prife de *Namur*, ce qui le fit fourire : Defpréaux difait qu'on pouvait rendre un fujet rampant, fublime ; Voltaire penfait le contraire, ainfi que moi ; & tandis qu'il riait des efforts de Boileau, un million de petits Écrivaffiers lui apportaient des livres gravés, & en faifaient l'éloge : » vous avez raifon, dit-il, en » fe débarraffant d'eux, les Arts fe font » perfectionnés, la gravure fur-tout ; *Ei-* » *fen* & *Longueil* font de grands hom- » mes, & il les quitta . . . . . .

Comme il continuait fa marche, il trouva parmi les grimauds du Pinde, Rol-

fin leur donnant des leçons : » ah! ah!
» Voilà l'Hiſtorien ſec, très-ſec, & fort
» ſec ; le bonhomme était aſſez crédule ;
» il croyait n'être lu que des enfans à qui
» il débitait ſes rêves ſentencieux ; il eſt
» arrivé qu'on l'a pris pour ce qu'il était.
» Les gens d'eſprit ne te liſent plus : M.
» le Recteur, les Écoliers, font ample
» proviſion de toutes tes ſottiſes, & l'Hiſ-
» toire ancienne ſert à envelopper du
» poivre. » Plus loin était Caraccioli.
» Déteſtable Caraccioli, ôte-toi de mes
» yeux, cours ennuyer là bas les Majeſ-
» tés qui y réſident ; j'aurais penſé que
» tes ouvrages m'auraient cauſé des in-
» ſomnies : point du tout : ſaiſi d'un
» violent accès, je me fais lire tes phra-
» ſes découſues, mon mal augmente, &
» je les condamne au feu :.... la poſté-
» rité n'appellera pas de mon jugement.

Délivré de tous ces rêveurs, ſon ame
ſemblait ſortir d'un nouvel être, & s'é-
clairer ſous un ciel nouveau : à meſure
qu'il s'éloignait des marais de l'oubli ,

l'air était plus léger & plus épuré : la nature riante était parée de ses plus riches ornemens , les fleurs balancées par le zéphyr courbaient leurs calices fur les gazons toujours verds : tout annonçait l'Empire de la félicité : l'œil enchanté s'égarait fur des plaines immenfes , dont la majeftueufe beauté rempliffait l'ame de fentimens délicieux : pour l'Auteur de toutes ces chofes , *la crainte a fait les Dieux* , dit-on ; mais dans les cœurs fenfibles , ce fut toujours la reconnaiffance ; tous les hommes en étaient pénétrés , en voyant le féjour de la Déeffe *Poftérité* , féjour merveilleux où l'on ne vit que de la fumée des feuilles de laurier , peuplé de Faunes , de Sylvains , de Nayades.

Tandis que l'Aftre dont l'activité brûlante fond les métaux , & crée la caufe productrice de tous les êtres , parcourt le cercle brillant de la journée , Voltaire fe perd dans les bofquets enchanteurs , il repofe fous les lauriers & les myrthes , feuls arbres dont la montagne eft couverte ; il trouve ces mots gravés sur l'écorce des arbres :

O toi qui t'es rendu célebre sur la terre ! Qui que tu sois, garde-toi de porter tes pas à gauche, tu y serais précipité dans le gouffre de l'oubli. La Déesse a permis quelquefois à des monstres, qui ont déshonoré le nom qu'ils portaient, de venir jusqu'à ce lieu : marche, & si tu n'y es pas entraîné par la force de tes mauvaises actions, sois assuré de l'immortalité que tu as recherchée avec tant d'ardeur : encore une fois, crains de fouler la trace des pas d'Érostrate.

Il se leve aussi-tôt, & prend un sentier détourné qui le conduit au Temple de la postérité. . . . Il est soutenu par des colomnes de diamant, que le temps n'a jamais outragées ; mille avenues rendent à ce lieu ; d'un côté, sont les Rois justement célebres ; de l'autre, les Philosophes ; plus bas, les Poëtes ; & dans des sentiers enchantés, ceux qui se sont immortalisés par leurs plaisirs.

Là *Titus* , le meilleur des Princes ,
fe promene avec Marc-Aurelle , Platon
& Virgile. Le vieux Homére , l'objet
des acclamations de l'Univers inftruit ,
s'avance au milieu de ces Héros , il leur
répéte fes Poëmes charmants , & Platon
leur enfeigne fa Philofophie fublime : ils
regrettent de n'être plus fur la - terre ,
parce qu'ils y mettraient en pratique les
préceptes d'une morale fage , utile au
bonheur de leurs Peuples.

Il apperçut , non loin de ce Temple ,
un Prince dont le nom formidable au-
trefois , faifait trembler fes voifins ; il
était avec un Roi , qui fouvent balança
fa puiffance, occupé à lire *l'effai fur la
Tolérance ; François Premier* , difait à
Charles - Quint : de mon temps on n'aurait pas commis de femblables atrocités ;
„ Cela eft vrai , dit Voltaire , en les
„ abordant, car le voifinage du pays de
„ VAUD , eut été funefte à ceux de vos
„ Sujets , embarqués dans des difputes de
„ controverfe ; " ils les reconnurent , &

appercevant l'infortuné *Calas*, il le pré-
fenta aux Monarques, en leur difant :
voilà, ô Rois, votre leçon ! tandis que
vous croupiffez dans l'oifiveté, des crimes fe commettent dans vos États, fous
votre nom; c'eft ainfi que *Charles Pre-*
mier, par une conduite voluptueufe, per-
dit fon Royaume & la vie : le pauvre
Roi aurait dû avoir gravée dans fa mémoire, cette maxime que tous fes femblables devraient favoir par cœur :

Comme ils n'ont plus de Sceptre, ils n'ont plus
de Flatteurs.

Qui l'a éprouvé mieux que tant de
Princes oififs, déchus de la Royauté, &
qui, &c. . . . . . . Henri, le bon Henri
paraît, Voltaire s'écrie, ,, ô bon Roi !
,, ô grand Roi ! que j'ai célébré fans
,, avoir eu le bonheur de connaître ; qui
,, vécutes dans un fiecle indigne de vo-
,, tre bonté : mes défirs font accomplis :
,, maintenant je n'ambitionne plus rien,
,, pardonnez à l'enthoufiafme; le peu de

,, refpe&t que j'ai pour votre perfonne,
,, en me livrant aux tranfports que votre
,, vue à fait naître dans mon cœur;
,, pardonnez fi je vous traite avec la
,, familiarité du Citoyen; mais hélas !
,, vous connaiffez auffi bien que moi le
,, néant des grandeurs humaines :

,, *Les mortels font égaux, ce n'eft pas la naif-*
fance,
,, *C'eft la feule vertu qui fait leur différence.*

,, Combien de Monarques puiffants
,, defireraient être à ma place, & font
,, oubliés.
,, C'eft en rendant leurs peuples heu-
,, reux, que les Princes doivent perpé-
,, tuer leur mémoire : en vain ils efpére-
,, ront à force d'attentats, voir leurs
,, noms écrits dans les faftes de l'Hif-
,, toire : l'Hiftoire fe perd par l'injure des
,, temps, & les bienfaits des Princes fe
,, confervent, par tradition, dans le cœur
,, des hommes : Potentats fuivez les tra-
,, ces du bon Roi. Puiffent les peuples

„ que vous gouvernerez, être affez heu-
„ reux, pour en recueillir les fruits con-
„ jointement avec vous : car, vous n'en
„ devez pas douter, il eft plus doux de
„ combler fes femblables de bienfaits,
„ que d'en recevoir de leur part : l'orgueil
„ humain fe révolte au feul nom de *bien-
„ faiteur*. Heureux, & mille fois heu-
„ reux celui que les Dieux ont affez fa-
„ vorifé pour le mettre en état d'être
„ le difpenfateur de leurs graces. A ce
„ difcours Henri verfe des larmes : &
„ plein de cette générofité fublime,
„ s'écrie, les Français font-ils heureux ?
„ Que font les Princes, mes enfants ?
„ Oui, le bonheur luit pour les Fran-
„ çais : mes enfants ont mes entrailles :
„ ils aiment leurs peuples, ils en font
„ aimés. Vous allez être furpris, ô bon
„ Roi, répondit Voltaire, des chofes
„ que je vais vous raconter : votre au-
„ gufte maifon eft parvenue au comble
„ de la gloire, & maintenant elle a en
„ partage les trônes les plus puiffants de
„ l'Europe.

„ Lorfque les fureurs, l'efprit de par-
„ ti, & l'ambition des grands de votre
„ Royaume vous eurent précipités dans
„ la tombe, par la main du plus infame
„ des hommes ; . . . . mes femblables
„ me pardonneront, fi je mets parmi eux
„ un monftre que l'enfer a vomi de fon
„ fein. Tant que le zele de la Religion
„ fera porté à l'excès, on verra des for-
„ faits pareils ; lorfque la France n'eut plus
„ de pere, la Régence fut confiée à fon
„ illuftre Époufe ; un Miniftre habile en-
„ treprit d'abaiffer la maifon de *Charles-*
„ *Quint* : la guerre contre les Efpagnols
„ fut déclarée, & Louis XIII, votre
„ fils, mourut fans l'avoir finie ; les Ef-
„ pagnols pleins d'un faux efpoir, pen-
„ fent à cette mort voir rétablir leurs
„ affaires. Un Roi encore enfant, l'État
„ ébranlé des troubles du regne paffé,
„ & une nouvelle Régence femblent leur
„ promettre un fuccès affuré : ils mena-
„ cent d'envahir les plus fortes places
„ du Royaume ; leurs bataillons couvrent

„ les campagnes de Rocroi, la victoire les
„ protége sous leurs aîles ; & le cinquieme
„ jour du regne de votre Petit-Fils, ils
„ sont vaincus dans ces mêmes campagnes,
„ où ils croyaient donner des Loix.

„ Tandis que l'Allemagne subit le joug
„ des lis, l'Espagnol étonné voit sur ses
„ terres, les Étendards des Français,
„ ses murs tombent sous les coups de
„ leur artillerie : une nouvelle victoire
„ les abbat, & cette infanterie formi-
„ dable est entiérement défaite ; la su-
„ perbe maison d'Autriche, dont la
„ puissance balançait celle des Princes de
„ l'Allemagne, & menaçait leurs privi-
„ leges, est contrainte de céder. Les
„ Princes Confédérés sont remis en pos-
„ session de leur liberté, & LOUIS est
„ leur libérateur.

„ Des factions pires que tous les fléaux,
„ déchirent le Royaume ; la discorde
„ agite ses serpents, & ses flambeaux
„ brûlent tous les cœurs. Le Roi aban-
„ donne sa Capitale ; il est majeur :

„ bientôt après, les factions se dissipent,
„ le Prince se rend aux vœux de ses peu-
„ ples, entre dans Paris, pardonne aux
„ mécontents, & se fait sacrer à Rheims.

„ Il signale son avénement à la Cou-
„ ronne, par des conquêtes qu'il fait en
„ personne. Ses mains bienfaisantes for-
„ ment des asyles, où la pauvreté con-
„ tente ne craint plus les traits poig-
„ nants de la misere ; une Reine vient
„ du fond du Nord admirer ce moder-
„ ne Salomon. Le soleil des Arts se le-
„ ve, ses rayons partent de Paris, delà
„ ils brillent dans tous les lieux de l'univers
„ où il y a des savants, & ces hommes
„ immortels, attirés par les bienfaits du
„ Monarque, s'empressent de se rendre
„ au centre des talents, de la politesse
„ & du goût.

„ Cependant l'Espagne fatiguée de ses
„ pertes continuelles, desire la paix :
„ une Princesse en est le gage, & le
„ prix : l'hymen acheve les affaires, &
„ deux Nations rivales vont être désor-
„ mais entiérement unies.

,, La France alliée à une République
,, puiffante par fon commerce, la fou-
,, tient contre une Nation belliqueufe,
,, & long-temps fon égale. . . . Un canal
,, joint l'Océan à la Méditérannée, à la
,, voix de Louis. . . . Les Financiers enri-
,, chis des dépouilles des peuples, font
,, punis, & l'Océan voit s'élever fur fes
,, bords une nouvelle Ville, (Rochefort.)
,, La Chicane éplorée rentre dans les en-
,, fers, & le regne de Thémis redevient
,, plus brillant que jamais.

,, De nouvelles conquêtes amenent une
,, nouvelle paix, & l'Etat jouit des tra-
,, vaux de fon Prince.

,, Cependant cette même République
,, protégée par ce Roi, lui donne des
,, fujets de mécontentement. . . Des trai-
,, tés conclus avec des Puiffances enne-
,, mies de ce Monarque, achevent de
,, l'irriter. La Hollande eft inondée des
,, Troupes Françaifes ; tous fes États,
,, Amfterdam même, la feule Ville qui
,, leur refte, fe difpofe à envoyer fes

„ clefs à fon vainqueur : cependant l'onde
„ couvre leurs toits , & par-là ils fau-
„ vent leur pays. . . . . L'Europe prend
„ les armes , & ne voit dans le Monar-
„ que Français, qu'un torrent auquel on
„ ne peut oppofer de trop fortes digues;
„ des victoires fur terre & fur mer, des
„ Provinces conquifes forcent les enne-
„ mis humiliés à demander la paix. Le
„ Roi plein de cette magnanimité qui
„ diftingue la Maifon de Bourbon, leur
„ offre cette paix qu'ils font forcés d'ac-
„ cepter : tout plie fous fes Loix : fon
„ œil parcourt l'Europe, & la voit pai-
„ fible : elle le craint & le révére. . .

„ Que dire de plus à votre Majefté ;
„ la renommée porte fon nom jufqu'aux
„ extrêmités du monde : des Ambaffa-
„ deurs envoyés par des Princes qui re-
„ gnent en ces climats que le foleil dore
„ de fes rayons en fe levant, fe con-
„ fient à l'élément perfide, pour l'admirer
„ & lui offrir les hommages de l'Afie.
„ Sa Famille nombreufe affure la Cou-

,, ronne dans fa Maifon , & un Monar-
,, que puiffant , (Charles II) fe voyant
,, fur le point de mourir fans enfans , ap-
,, pelle à la fucceffion de fes Royaumes,
,, le fecond fils du Dauphin.

,, Les autres Puiffances de l'Europe ne
,, voient pas fans jaloufie l'avénement d'un
,, Fils de France, à la Couronne d'Ef-
,, pagne ; Elles arment pour s'oppofer au
,, teftament de Charles II , mais elles cé-
,, dent à la fin , vaincues par la fermeté
,, des deux Rois.

,, Enfin Louis XIV meurt après 73
,, ans de profpérités & de malheurs. Son
,, regne le plus long , depuis l'établiffe-
,, ment de la Monarchie, a été conti-
,, nuellement traverfé par fes voifins ja-
,, loux de fa grandeur : malgré cela, il
,, n'y en a point eu de plus glorieux par
,, une infinité de conquêtes, de victoires,
,, & de paix avantageufes.

,, Louis XV au berceau monte au trône
,, de fes peres ; il voit fon Royaume en
,, paix ; il époufe une Princeffe vertueufe,

» & ſes États ſervent d'aſyle à un Roi qui
» a mérité à juſte titre le nom de bienfai-
» ſant : une guerre eſt entrepriſe, & ter-
» minée avec ſuccès. Le Roi tombe mala-
» de : les allarmes des Français juſtifient le
» titre de Bien-Aimé, qu'ils lui don-
» nent : enfin il eſt rendu à leurs vœux
» ardens, & gagne en perſonne une ba-
» taille rangée, contre trois Puiſſances
» réunies. Pendant ce tems, l'Italie voit
» de nouveau flotter les drapeaux Fran-
» çais ſur ſes guérets ; ſes fortereſſes tom-
» bent ; la plus forte Place de l'Europe
» eſt emportée par un aſſaut, & les ac-
» tions du Prince qui dirige tous ces mou-
» vemens, ne le cedent en rien à celles
» de ſes illuſtres prédéceſſeurs.

» Comme le bien & le mal ſe tou-
» chent, les progrès extraordinaires dans
» les ſciences ſont des ſignes certains de
» leur décadence prochaine.

» Ce ſiecle-ci a fourni beaucoup de
» monſtres en Littérature ; il a ſur-tout
» enfanté ces Journaliſtes, race inconnue
dans

» dans les siecles de bon goût, & qui ;
» sous prétexte de le perfectionner, &
» de le soutenir dans sa décadence, con-
» courent avec les mauvais ouvrages, (ob-
» jets de leurs déclamations scientifiques,
» & de leurs extases perpétuelles,) à faire
» revivre l'antique barbarie, les Freron,
» les la Baumelle, les &c. &c. &c. ces
» vils insectes, que je ne crains pas de
» rencontrer ici parmi d'illustres morts,
» ont été dans ma Patrie mes persécu-
» teurs ; mais en revanche, je rendrai
» justice à quelques grands hommes, à
» qui la Littérature doit beaucoup. Sous
» eux, la voix de la vérité a acquis un
» nouveau degré de force ; la Religion
» a été purgée des superstitions grossie-
» res qui la défiguraient ; l'erreur quel-
» quefois salutaire a disparu ; la Philo-
» sophie, non pas cette vaine science qui
» se réduit en disputes frivoles, la Phi-
» losophie s'est éclairée ; l'homme a con-
» nu ses véritables devoirs : insensé s'il
» ne met pas à profit les leçons des

D

„ *Dalembert*, des *Diderot*, des *Mar-*
„ *montel* : je n'oublierai pas l'ami *Jean-*
„ *Jacques*, qui, pour le bien de notre
„ individu, voulait nous mener paître . . .
„ il a des talens réels ; & je fuis con-
„ traint d'avouer fon énergie, fa fupé-
„ riorité fur moi, fans faire grace ce-
„ pendant à fes difcours fophiftiques.

„ Pendant que ces amis du repos jouif-
„ fent du fruit de leurs veilles, des dif-
„ putes de controverfe divifent le Cler-
„ gé ; un Souverain Pontife & le Mo-
„ narque travaillent de concert à réunir
„ les efprits ; le Prince infortuné fe trou-
„ ve victime de fon amour pour la tran-
„ quillité ; la France renferme dans fon
„ fein un fecond Ravaillac ; il ofe porter
„ fes mains facrileges fur le Roi Bien-Aimé:
„ le Royaume faifi de cette funefte nou-
„ velle, attend en tremblant quel doit
„ être le fort de fon maître . . . . . enfin
„ il eft fauvé, & l'allégrefle des Fran-
„ çais confole le Monarque, en quelque
„ forte, d'avoir été frappé par un de fes

„ dans les fiecles de bon goût, & qui,
„ fous prétexte de le perfectionner, &
„ de le foutenir dans fa décadence, con-
„ courent avec les mauvais ouvrages, (ob-
„ jets de leurs déclamations fcientifiques,
„ & de leurs extafes perpétuelles,) à faire
„ revivre l'antique barbarie, les Freron,
„ les la Baumelle, les &c. &c. &c. ces
„ vils infectes, que je ne crains pas de
„ rencontrer ici parmi d'illuftres morts,
„ ont été dans ma Patrie mes perfécu-
„ teurs ; mais en revanche, je rendrai
„ juftice à quelques grands hommes, à
„ qui la Littérature doit beaucoup. Sous
„ eux, la voix de la vérité a acquis un
„ nouveau degré de force ; la Religion
„ a été purgée des fuperftitions groffie-
„ res qui la défiguraient ; l'erreur quel-
„ quefois falutaire a difparu ; la Philo-
„ fophie, non pas cette vaine fcience qui
„ fe réduit en difputes frivoles, la Phi-
„ lofophie s'eft éclairée ; l'homme a con-
„ nu fes véritables devoirs : infenfé s'il
„ ne met pas à profit les leçons des

D

„ *Dalembert*, des *Diderot*, des *Mar-*
„ *montel*: je n'oublierai pas l'ami *Jean-*
„ *Jacques*, qui, pour le bien de notre
„ individu, voulait nous mener paître…
„ il a des talens réels, & je fuis con-
„ traint d'avouer fon énergie, fa fupé-
„ riorité fur moi, fans faire grace ce-
„ pendant à fes difcours fophiftiques.

„ Pendant que ces amis du repos jouif-
„ fent du fruit de leurs veilles, des dif-
„ putes de controverfe divifent le Cler-
„ gé; un Souverain Pontife & le Mo-
„ narque travaillent de concert à réunir
„ les efprits; le Prince infortuné fe trou-
„ ve victime de fon amour pour la tran-
„ quillité; la France renferme dans fon
„ fein un fecond Ravaillac, il ofe porter
„ fes mains facrileges fur le Roi Bien-Aimé:
„ le Royaume faifi de cette funefte nou-
„ velle, attend en tremblant quel doit
„ être le fort de fon maître….. enfin
„ il eft fauvé, & l'allégreffe des Fran-
„ çais confole le Monarque, en quelque
„ forte, d'avoir été frappé par un de fes

„ Sujets ; le Roi, par de fages Édits,
„ ordonne le filence en matiere de Re-
„ ligion (inftruit par une expérience fâ-
„ cheufe pour fa Famille) ; de nouvel-
„ les guerres amenent de nouveaux mal-
„ heurs ; l'État eft chargé d'impôts : c'eft
„ en pleurant que le Prince figne ces fu-
„ neftes Édits ; les peuples font confolés
„ de voir leur Souverain partager leurs
„ peines ; ils tâchent de lui donner des
„ marques de leur zele ; bientôt une paix
„ falutaire a foulagé l'État d'une partie
„ de fon poids ; le Commerce languif-
„ fant fe ranime , & l'Agriculture trop
„ long-temps négligée, a été encouragée ;
„ des Miniftres intelligens travaillent de
„ concert avec le Prince, à établir fur
„ une bafe inébranlable , les Finances du
„ Royaume, & la fortune des Citoyens ;
„ un projet digne de Vous, & de votre
„ illuftre Miniftre, a été exécuté : c'eft
„ à un grand homme que nous le de-
„ vons ; la vénalité des Charges a été
„ fupprimée ; la Juftice, dépôt facré ,

» remife entre les mains d'hommes in-
» telligens : voilà quel eft l'état des cho-
» fes ; les alliances des héritiers préfomp-
» tifs de votre Couronne , avec les prin-
» cipales maifons, & votre poftérité ré-
» gnante fur quatre Peuples divers, lui
» affurent une gloire immortelle. »

A ces mots il quitta les Souverains ;
ayant apperçu les Écrivains immortels du
fiecle paffé. . . . Ils accoururent & l'en-
tourerent ; cette faillie de leur ame eft
le plus bel éloge qu'ils puiffent faire de
l'Oracle du bon goût. . . . Là Racine ne
repofait point à côté des Vifé ; Corneille
n'y trouvait point fes plats antagoniftes ;
le bonheur de tous ces hommes eft fans
mélange : de baffes jaloufies n'obfcurcif-
fent point leurs jours : ces fiers rivaux
fur la Scene Françaife, embraffent le
Héros, qui fut au moins leur égal : ce
baifer arracha des larmes de dépit à tous
les habitans de l'oubli , & jufqu'à l'Abbé
Nadal, s'écria Zaïre.. ! Je n'aurais jamais
cru te retrouver entre Cinna & Phedre.

„ Sujets ; le Roi, par de fages Édits ,
„ ordonne le filence en matiere de Re-
„ ligion (inftruit par une expérience fà-
„ cheufe pour fa Famille) ; de nouvel-
„ les guerres amenent de nouveaux mal-
„ heurs ; l'État eft chargé d'impôts : c'eft
„ en pleurant que le Prince figne ces fu-
„ neftes Édits ; les peuples font confolés
„ de voir leur Souverain partager leurs
„ peines ; ils tâchent de lui donner des
„ marques de leur zele ; bientôt une paix
„ falutaire a foulagé l'État d'une partie
„ de fon poids ; le Commerce languif-
„ fant fe ranime , & l'Agriculture trop
„ long-temps négligée, a été encouragée ;
„ des Miniftres intelligens travaillent de
„ concert avec le Prince, à établir fur
„ une bafe inébranlable , les Finances du
„ Royaume , & la fortune des Citoyens ;
„ un projet digne de Vous , & de votre
„ illuftre Miniftre, a été exécuté : c'eft
„ à un grand homme que nous le de-
„ vons ; la vénalité des Charges a été
„ fupprimée ; la Juftice, dépôt facré ,

„ tournent la larme à l'œil. Pour la Tra-
„ gédie, c'eft toute autre chofe, on y
„ a fait entrer un genre affez plaifant,
„ mais qui fait mal au cœur : tous les
„ Héros meurent : des poignards à cha-
„ que Scène, des déclamations plattes,
„ point ou peu d'énergie, point de no-
„ bleffe, beaucoup de grands mots, voilà
„ quelle eft maintenant la Scene Fran-
„ çaife. Pour l'Opéra, il fe perfectionne
„ de jour en jour du côté de la pompe,
„ du Spectacle, des Acteurs & de la Mu-
„ fique ; les paroles en font déteftables,
„ mais la mufique en eft bonne, cela
„ fuffit. La petite Comédie en Ariettes
„ a acquis un nouveau degré de perfec-
„ tion ; on y pleure auffi, & les Fran-
„ çais avouent que *Poinfinet* M. S. F.
„ font des hommes immortels.

„ Tout eft mort, Quinault, Vadé,
„ vous & moi, ne fommes plus, le
„ Théatre eft défert ; il y a quelque
„ chofe de plus, c'eft que le Spectacle
„ de la Nation, que tous les citoyens

Le sombre & terrible Crébillon, l'imi-
tateur des Grecs, se joint à ces Héros ;
ils frissonnent à son aspect, & Corneille
dit à Voltaire,

A ce saisissement tu dois le reconnaître,

en lui montrant Crébillon : ils demandent des nouvelles du Théatre Français ;
Arouet soupire : ...... » hélas ! dit-il,
„ hélas ! je pleure sa décadence : des pyg-
„ mées, qui se croient des géans, se sont
„ emparés de la Scene ; ils y ont intro-
„ duit le genre *Terriblet*. Des Bourgeois
„ viennent pompeusement déclamer en
„ prose boursouflée leurs petits malheurs ;
„ ils font un étalage magnifique de leurs
„ grandes actions, & rien n'est si ordi-
„ naire que de voir Cinna transformé en
„ Damis, se jetter dans un Couvent de
„ Moines, pour essayer d'oublier une
„ ingrate qui se marie à son confrere,
„ Marchand de &c. Ces beaux sujets font
„ verser des larmes à tous les Spectateurs,
„ qui, ayant payés pour rire, s'en re-

„ tournent la larme à l'œil. Pour la Tra-
„ gédie, c'eſt toute autre choſe, on y
„ a fait entrer un genre aſſez plaiſant,
„ mais qui fait mal au cœur : tous les
„ Héros meurent : des poignards à cha-
„ que Scene, des déclamations plattes,
„ point ou peu d'énergie, point de no-
„ bleſſe, beaucoup de grands mots, voilà
„ quelle eſt maintenant la Scene Fran-
„ çaiſe. Pour l'Opéra, il ſe perfectionne
„ de jour en jour du côté de la pompe,
„ du Spectacle, des Acteurs & de la Mu-
„ ſique ; les paroles en ſont déteſtables,
„ mais la muſique en eſt bonne, cela
„ ſuffit. La petite Comédie en Ariettes
„ a acquis un nouveau degré de perfec-
„ tion ; on y pleure auſſi, & les Fran-
„ çais avouent que *Poinſinet* M. S. F.
„ ſont des hommes immortels.

„ Tout eſt mort, Quinault, Vadé,
„ vous & moi, ne ſommes plus, le
„ Théatre eſt déſert ; il y a quelque
„ choſe de plus, c'eſt que le Spectacle
„ de la Nation, que tous les citoyens

(47)

,, devraient embellir , eſt le plus triſte
,, de l'Europe. L'Architecture n'a pas
,, encore formé d'aſyle pour nous ; on
,, m'a fait eſpérer avant de partir de là
,, bas , qu'on nous logera convenable-
,, ment , je le deſire avec ardeur. . . .
   ,, Boileau ſe joint à eux :

» Boileau correct , Auteur de quelques bons
        Écrits ,
» Zoïle de Quinault , & flatteur de Louis. . . .

   ,, Et où eſt l'Ode ſur *Namur* ? Tes
,, efforts inutiles m'ont aſſez fait rire. Ah !
,, ah ! voilà le tendre Quinault :

J'embraſſerai Quinault, en duſſes-tu crever. . . .

   ,, Tu n'en mourras pas , mon cher
,, Confrere ; ton eſprit dégagé des an-
,, ciennes erreurs , & des vieux préjugés,
,, rend juſtice à qui elle appartient ; &
,, juſqu'au *Taſſe* doit être dans ton eſprit.

,, Du brillant Torquato, le ſéduiſant Ouvrage,
,, Entre Homere & Virgile il aura mon hom-
        mage.

(48)

Tous les Auteurs satisfaits ne cessaient
d'admirer le célébre Auteur de la Hen-
riade. Rousseau, le seul Rousseau s'é-
cartait d'eux, il semblait qu'il se prome-
nait dans les marais de Bruxelles, l'air
refrogné, la vue égarée ; cette farouche
misantropie, qui présida à tous ses jours,
l'avait suivi dans les champs de l'immortalité : „ & toi aussi faiseur de souliers, lui
„ dit Arouet, je te croyais là bas avec
„ ces marchands d'estampes. . . . .
Rousseau repartit ; „ tu vois comme on
„ se trompe ; à la vérité j'y ai passé,
„ mais aussi j'y ai laissé mes Comédies,
„ mes Opéra & les tiens ; Voltaire rou-
„ git : tu vois comme on se trompe ; tu
„ as cherché le bonheur ; ni toi ni moi
„ n'avons mérité la triple Couronne ;
„ nous jouissons de la célébrité, mais par
„ combien de chagrins ne l'avons-nous
„ pas achetée ? Hélas ! si la vie est un
„ bien, la mort est un plus grand bien
„ encore ; si les hommes savaient ce qu'il
„ en coûte pour être immortel, il ne

» voudraient pas fe donner la peine d'être
» des *Grands Hommes*. Pour moi fi je
» revenais fur la terre, je voudrais feule-
» ment qu'on mît fur ma tombe, ces mots,
» *il a vécu*; dis-moi, que fait-on mainte-
» nant fur la terre ? bien du mal, répondit
» Voltaire; des ufurpateurs qui fe difent
» conquérants des Princes légitimes, per-
» fécutés par leurs Sujets, des abus monf-
» trueux de la liberté; l'Europe eft un
» chaos. Au Nord & au Sud, nous jouif-
» fons des douceurs de la paix, fembla-
» bles à ceux qui fe promenent fur le
» bord du rivage; & contemplent la ter-
» rible beauté de la Mer en furie : ce
» fpectacle douloureux eft mêlé de quel-
» que plaifir pour eux; mais il n'en eft pas
» de même des matelots qui font fub-
» mergés par l'onde; de même nous
» voyons les maux de nos voifins,
» nous les pleurons, & je penfe que nous
» profiterons de leurs fottifes : c'eft le
» fanatifme qui a allumé une guerre ci-
» vile en Pologne; le peuple mal inf-

» truit, croit qu'il lui eſt tout permis,
» quand il s'agit de défendre la cauſe de
» l'Éternel. Des hommes intelligents,
» pêtris de toutes les paſſions & de tous
» les vices, font ſervir cet animal aveu-
» gle à leurs intérêts. La dépopulation,
» le ſang qui ruiſſele dans les rues,
» l'horreur de voir un fils égorger ſon
» pere, ſont les moindres crimes qu'un
» zele indiſcret fait commettre. Puiſ-
» ſions-nous n'entendre plus parler de
» ſemblables horreurs ! Puiſſent nos ne-
» veux profiter des fautes que leurs pe-
» res ont faites dans le ſeizieme ſiecle !

F I N.